AF385318

LA SYLPHIDE,

COMEDIE.

Par les Srs.

DOMINIQUE et ROMAGNESI,

A HAYE.

Chez **ANTOINE** van **DOLE**,
Dans le Lange Pooten, à l'Enseigne de
Hugo Grofius, M. DCC. XXXIII.

ACTEURS,

LA SYLPHIDE.

LA GNOMIDE.

ERASTE.

ARLEQUIN, Valet d'Eraſte.

DEUX CREANCIERS.

UN SERGENT.

UN PROCUREUR.

UN SYLPHE, chantant.

UNE SYLPHIDE, chantante.

SYLPHES ET SYLPHIDES, danſans.

La Scene eſt dans l'appartement d'Eraſte.

LA SYLPHIDE,

COMEDIE.

ACTE PREMIER.

SCENE I.

Le Théâtre represente la chambre d'Eraste.

LA SYLPHIDE, LA GNOMIDE.

La Sylphide & la Gnomide en entrant dans la Chambre d'Eraste, posent deux corbeilles sur une table, dont l'une est remplie de fleurs, & l'autre de truffes.

LA GNOMIDE.

QUE vois-je? Une Sylphide dans cette chambre; que venez-vous faire ici, Madame?

LA SYLPHIDE.

Votre curiosité pourroit vous coûter cher; est-ce à vous à me faire des questions?

LA GNOMIDE.

Oüi, Madame, il est de certaines conjonctures où l'on

ne

ne reconnoît plus de fubordination, les égards que je vous
dois ont des limites; je vous trouve dans la chambre d'E-
ratte, vous êtes fans doute amoureufe, & je fuis peut-
être votre rivale.

LA SYLPHIDE.

Une pareille concurrente me feroit bien-tôt apercevoir
de la baflefle de mon choix.

LA GNOMIDE.

Quel orgüeil! Songez que je fuis comme vous une ef-
fence toute fpirituelle; que les Gnomes ne le cedent pas de
beaucoup aux Sylphes, & que fi vous êtes un efprit aërien,
j'en fuis un terreftre?

LA SYLPHIDE.

Que vous tenez bien d'un élement qui vous approche fi
fort des hommes.

LA GNOMIDE.

Il me paroît que vous ne vous en éloignez pas trop.

LA SYLPHIDE.

Il eft vrai qu'un mortel m'attire ici.

LA GNOMIDE.

Ne l'ai-je pas dit? Il eft apparament aimable, bien fait.

LA SYLPHIDE.

Il eft plus que tout cela, il me plaît.

LA GNOMIDE.

Et vous aime-t'il?

LA SYLPHIDE.

Je n'en fçais rien.

LA GNOMIDE.

Oh pour le coup c'en eft trop, je ne puis plus refifter à
mon impatience, expliquez-vous, Madame; eft-ce dans
cette maifon que vous aimez?

LA SYLPHIDE.

Oüi.

LA GNOMIDE.

Mais je n'y vois qu'un objet aimable, & c'eft : . . . .

LA

LA SYLPHIDE.

Eraſte n'eſt-ce pas?

LA GNOMIDE.

Non, mais ſon Valet Arlequin. . . . .

LA SYLPHIDE, *en riant,*

Ah ah ah ah.

LA GNOMIDE.

Dequoi riez-vous ?

LA SYLPHIDE.

Je ſçavois bien qu'il n'étoit pas poſſible que nous fuſſions rivales.

LA GNOMIDE.

Que voulez-vous dire?

LA SYLPHIDE.

Raſſurez-vous Gnomide , je ne vous enleverai point votre illuſtre amant.

LA GNOMIDE.

Vous le mepriſez, je le vois bien, parce qu'il n'eſt que Valet ; la condition determine-t'elle des eſprits comme nous? Laiſſons aux hommes ces foibles prejugez, nous ne ſommes point ſujets comme eux aux caprices de la fortune, l'intereſt ne nous force point comme eux à encenſer des objets mepriſables, ne courrons donc qu'où le vrai merite nous appelle.

LA SYLPHIDE.

On ne peut pas mieux, ſi le vrai merite dont vous parlez pouvoit ſe trouver dans un amant comme le vôtre, je ne blâmerois point votre choix, mais comme il eſt ordinairement le partage d'une illuſtre origine, qui ne ſe perfectionne que par l'éducation, & que la nobleſſe du ſang la conſervé juſqu'ici d'âge en âge, vous me permettrez Gnomide de ne point approuver votre tendreſſe.

LA GNOMIDE.

Vous parlez en Sylphide, allez, allez, Arlequin eſt une exception de ſon eſpece, & ce n'eſt pas le premier Valet qui...

LA SYLPHIDE.

Qui auroit fait fortune. . . . je le fçais.

LA GNOMIDE,

Ce n'eſt point cela que je veux dire ; qui auroit mérité de la faire. Mais laiſſons cela, tout ce que vous m'avez dit ne m'offenſe point, puiſque vous n'êtes pas ma rivale, j'aime mieux que vous mépriſiez mon amant, que ſi vous me le diſputiez. C'eſt donc ſon Maître Eraſte que vous aimez ? Et par quelle avanture, ce fortuné mortel compte-t'il un eſprit aërien au nombre de ſes conquêtes ?

LA SYLPHIDE.

Par une vanité dont je merite bien d'être punie,

LA GNOMIDE.

Comment donc ?

LA SYLPHIDE.

J'étois avec deux Sylphides de mes amies, nous nous entretenions des femmes, & de la difference de leur eſpe-ce à la nôtre ; ſi ces mortelles, diſions-nous, ſçavoient combien nous ſommes au deſſus d'elles, que leur orgüeil ſeroit humilié ! Il faut qu'un de ces jours nous faſſions une partie de nous rendre viſibles, & de nous promener dans quelque jardin public. Hé ! Nous voilà ſur les Thuilleries, ᵣepondit une de mes compagnes, ce jardin, comme vous voyez, eſt orné d'aimables Dames, mélons nous avec elles dans cette promenade. Quoi ſans rouge & ſans mou-ches, repliqua l'autre. Il ſeroit beau, repartis-je, que nous ajoutaſſions quelque choſe à notre éclat naturel, montrons-nous telles que nous ſommes. Nous parûmes, les Dames pâlirent, les Cavaliers admirerent, & nous nous mîmes à rire comme trois folles.

LA GNOMIDE.

Peut on joüer un pareil tour à de pauvres mortelles ! Tout franc il tient plus de la belle femme coquette, que de la Sylphide.

LA

COMEDIE.

LA SYLPHIDE.

Nous fûmes bien-tôt entourées d'un cercle d'admirateurs, que de differens personnages nous rejoüirent en ce moment! Les uns nous lancerent des regards passionnez, d'autres remplis de la bonne opinion d'eux-mêmes se promenoient devant nous avec un air indifferent, se parloient à l'oreille, & rioient nonchalament, comme s'ils avoient dit les plus belles choses du monde; celui ci pour trancher de l'homme à bonne fortune bailloit misterieusement les yeux, comme pour dérober au public notre secrette intelligence; celui-là pour paroître plus aimable chantoit, dansoit, gesticuloit, prenoit du tabac, tiroit sa montre, lisoit une lettre, & faisoit enfin toutes les folies d'un petit Maître prevenu en sa faveur.

LA GNOMIDE.

Ce spectacle étoit des plus amusans,

LA SYLPHIDE.

Parmi cette foule de curieux & d'extravagants, Eraste me parut charmant; je ne fixai mes regards que sur lui, & je resolus dès le même instant de faire son bonheur. Je le vois tous les jours, sans en être vûë, je sçais qu'une de nous trois, lui a inspiré une passion violente; mais je n'ose encore me decouvrir à lui, dans la crainte où je suis, de n'être point l'objet de sa nouvelle flâme.

LA GNOMIDE.

Vos craintes font injuftes, & vous faites injure à vos charmes, lorsque vous doutez de leur pouvoir. Pour moi, je ne me suis point montrée à mon amant, l'éclat de mes appas ne l'a point encor ébloüi, je l'ai vû pour la premiere fois dans une cave profonde, où il a soin de se rendre très assiduëment; c'est là qu'il a triomphé de ma liberté. Ah! Madame, si vous aviez vû comme moy avec quelle fermeté, quelle constance, il vuidoit les bouteilles de vin qu'il avoit remplies, vous n'auriez pû lui refuser votre

cœur

cœur, il s'enyvroit avec tant de grace, qu'il auroit charmé la plus insensible : mais j'entends quelqu'un.

LA SYLPHIDE.

C'est Eraste & Arlequin qui viennent ici . . . . écoutons
leurs discours.

SCENE II.

ERASTE, ARLEQUIN, LA SYLPHIDE, LA GNOMIDE, *sans être vûës.*

ERASTE, *en entrant, apperçoit une corbeille sur sa table.*

Qua-t'on mis sur ma table . . . . c'est une corbeille. . . .
elle est à mon adresse, qui me l'envoye ?

ARLEQUIN.

Je n'en sçais rien, Monsieur.

ERASTE.

Mais, de qui l'as tu reçûë ?

ARLEQUIN.

Personne ne m'a rien donné pour vous.

ERASTE, *découvrant la corbeille.*

Elle est remplie de fleurs.

ARLEQUIN.

Il vaudroit mieux qu'elle fut pleine d'argent, cela ser-
viroit à merveille à racommoder vos affaires, qui entre
nous font furieusement derangées.

ERASTE.

Tu es bien discret ; pourquoi m'en faire un mystere ? Tu
es sans doute d'intelligence avec la personne qui me fait
ce present ?

ARLEQUIN

Pour qui me prenez-vous, s'il vous plaît ? . . . . Mais
attendez, en voici encore une autre . . . . Lisez l'adresse.

ERA-

ERASTE, *lit.*

A Monfieur Arlequin.

ARLEQUIN.

Voyons un peu ce que renferme cette corbeille . . . .
Qu'eft-ce que c'eft que cela ?

ERASTE.

Ce font des truffes.

ARLEQUIN.

Des truffes ! .. Cela échauffe trop, je n'en veux point.

ERASTE.

Tu ne veux donc pas me dire qui t'a donné ces fleurs ?

ARLEQUIN.

Vous ne voulez donc pas m'apprendre à qui j'ay l'obli-
gation de ces truffes ?

ERASTE.

Quelle demande me fais-tu là ?

ARLEQUIN.

Ah ! je vois ce que c'eft ; ces fleurs viennent fans doute de Clarice, votre époufe future, & comme elle n'igno-
re pas que j'ay tout pouvoir fur votre efprit, elle veut
m'engager par ce prefent à vous determiner à la nôce.

ERASTE.

Ne me parle plus de Clarice.

ARLEQUIN.

Que je ne vous en parle plus ? Avez-vous oublié que fon
mariage peut feul vous mettre à couvert des pourfuites de
vos creanciers, & des miens ? Vous fçavez bien que vous
n'êtes riche qu'en efperances. Votre Oncle eft à la verité
entre les mains d'une demie douzaine de Medecins ; mais
comme ces Meffieurs-là ne font jamais de la même opinion, ils ne font point d'accord fur les remedes, le mala-
de n'en prend point, & par confequent il peut encor aller
loin.

ERASTE.

Toutes tes raifons font inutiles, une paffion violente

 s'eft

s'eſt emparée de mon cœur , & rien ne peut l'en arra-
cher.

ARLEQUIN.

Oh! parbleu , Monſieur, vous avez donné votre parole , je l'ay promis auſſi, & vous l'épouſerez vous, ou
moy.

LA SYLPHIDE , *ſans être vûë.*

Tais-toy , inſolent.

ARLEQUIN.

Inſolent . . . . en verité, Monſieur, vous vous oubliez.

ERASTE.

Il eſt vray, mon cher Arlequin, mais le mal eſt ſans
remede. Je t'avoüeray même que j'aime ſans eſperance.

ARLEQUIN.

Et qui aimez-vous?

ERASTE.

La plus adorable perſonne du monde, que j'ai vûë ces
jours paſſes aux Thuilleries.

ARLEQUIN.

La connoiſſez-vous?

ERASTE.

Non.

ARLEQUIN.

C'eſt ſans doute quelque coquette?

LA SYLPHIDE, *ſans être vûë.*

Maraut, je te ferai expirer ſous le bâton.

ARLEQUIN, *à Eraſte.*

Finiſſez donc s'il vous plaît, cela paſſe la raillerie.

ERASTE, *en embraſſant Arlequin.*

Ah! mon cher Arlequin, ceſſe de combatre un amour
dont je ne puis plus triompher.

ARLEQUIN.

Oh! dame Monſieur, accordez-vous donc avec vous-
même; vous me traitez de maraut, de coquin, vous me
menacez de coups de bâton , & puis vous m'embraſſez:
il n'y a pas le ſens commun à tout cela.   ERAS-

ERASTE.

Que veux tu dire?

ARLEQUIN.

Tout franc, cet amour là vous eſt venu fort mal à propos, il vous fera perdre votre fortune; que diable! vous
autres jeunes gens, vous êtes bien prompts à vous enfla-
mer, je ne ſuis pas de même moi, & je verrois avec in-
difference, la plus jolie femme du monde à mes genoux.

LA GNOMIDE, *lui donne des croquignolles.*

ARLEQUIN.

Aï, aï,

ERASTE.

Qu'as-tu donc?

ARLEQUIN.

Avez-vous perdu l'eſprit?

ERASTE.

Je t'avouë que je ne ſuis plus à moi même.

ARLEQUIN.

Je m'en apperçois aſſez.

LA GNOMIDE, *careſſant Arlequin.*

Que tu es aimable!

ARLEQUIN, *à Eraſte.*

Que vous êtes badin!

ERASTE.

Je cours inutilement toutes les promenades, je ne la
trouve plus.

ARLEQUIN.

Tant mieux.

ERASTE.

Pourquoi vous êtes vous fait voir, inhumaine, ou pourquoi vous cachez-vous maintenant?

ARLEQUIN.

Cette Dame, eſt donc bien belle.

ERASTE.

Plus que je ne puis l'exprimer, elle ſe promenoit avec

deux

deux de ſes amies, dont les charmes auroient attiré tous les regard, ſi la beauté de celle que j'adore, ne les eût entierement effacés.

LA SYLPHIDE, *inviſible.*

Eraſte, ce n'eſt peut-être pas moy que vous aimez?

ERASTE, *à Arlequin.*

Toy; non vraiment... es-tu devenu fol?

ARLEQUIN.

L'amour vous fait extravaguer, mon cher Maître; vous ne ſçavez plus ce que vous dites?

LA GNOMIDE, *ſans être vûë à Arlequin.*

Tu m'aimeras malgré toi, je t'en repons.

ARLEQUIN, *en riant.*

Courage . . . . . continuez . . . . mais nous ſommes perdus. . . . j'aperçois deux de vos Creanciers. . . . la vilaine viſion.

SCENE III.

DEUX CREANCIERS, ERASTE, ARLEQUIN.

PREMIER CREANCIER.

QUel bonheur, Monſieur de vous trouver chez vous!

ARLEQUIN.

Quel malheur de vous y voir!

PREMIER CREANCIER.

Je viens ſçavoir quand vous voulez finir avec moi?

ERASTE.

Mais je ne ſçais.

DEU-

DEUXIE'ME CREANCIER.
Quand ferez-vous d'humeur de me fatisfaire, Monfieur Erafte?

ERASTE.
Oh vous m'ennuïez, je n'aime point les queftions.

ARLEQUIN.
Mais Meffieurs, vous êtes bien curieux pour des Creanciers.

PREMIER CREANCIER.
La reponfe eft un peu cavaliere; eft ce ainfi que vous devez en ufer avec des perfonnes qui vous ont obligé?

DEUXIE'ME CREANCIER.
Je fuis las d'attendre, & je vous declare pour la derniè-re fois que je vais prendre de juftes mefures pour vous faire payer.

ARLEQUIN.
Oh! parbleu je t'en defie.

PREMIER CREANCIER.
Vous m'amufez depuis long temps par de vaines pro-meffes; mais je ne feray plus votre duppe, & dans peu vous aurez de mes nouvelles.

ERASTE.
Doucement, s'il vous plaît, il me femble que vous par-lez d'un ton bien haut.

ARLEQUIN.
Effectivement vous êtes un peu infolens mes petits Mef-fieurs, venir demander de l'argent à mon Maître, eft-ce là fçavoir vivre? que ces gens-là ont été mal élevez!

ERASTE.
Ne diroit-on pas que je vous dois une fomme bien con-fiderable?

PREMIER CREANCIER.
Comment donc, Monfieur, n'eft ce rien que mille écus?

ARLEQUIN.
Cela ne fait que trois mille livres.

DEUX.

DEUXIEME CREANCIER.

C'eſt donc une bagatelle à votre compte que cent Loüis qui me ſont encor dûs.

ARLEQUIN.

Vous voilà bien malades, mon maître me doit bien mes gages à moi.

PREMIER CREANCIER.

Votre Memoire eſt arrêté, le voici, votre billet eſt au bas, vous entendrez bien-tôt parler de moi.

DEUXIE'ME CREANCIER.

Je vais de ce pas me pourvoir en Juſtice.

ERASTE.

Que m'importe?

ARLEQUIN.

Qu'eſt-ce que cela nous fait?

PREMIER CREANCIER.

Ce mariage avantageux qui devoit acquitter vos dettes, ne ſe finit point.

DEUXIE'ME CREANCIER.

On dit même dans le monde que vous voulez manquer de parole à Monſieur Oronte.

ERASTE.

Dequoi vous embarraſſez-vous?

ARLEQUIN.

Sont-ce la vos affaires? Nous nous marierons ſi nous en avons envie; êtes vous nos tuteurs?

PREMIER CREANCIER.

Adieu, Monſieur, vous nous recevez ſi bien que nous ne nous expoſerons plus à un pareil accueil.

ERASTE.

A la bonne heure.

ARLEQUIN.

Soit.

DEUXIE'ME CREANCIER.

Oüi, Monſieur, nous nous expliquerons par écrit.

AR-

ARLEQUIN.
Cela est inutile, nous ne sçavons pas lire la chicanne.
ERASTE.
Faites ce que vous voudrez.

Le Sylphide & la Gnomide donnent à chaque
Creancier une bourse de Loüis d'or.

ARLEQUIN, *leurs voyant à chacun une bourse,*
dans le temps qu'ils comptent, dit:
Comment! est ce que vous voulez nous prêter encor de
l'argent?
PREMIER CREANCIER, *après avoir compté.*
Vous vous êtes mecompté, ces quatre Loüis sont de
trop; je suis honnête homme, je vous les rends.
ERASTE.
Que faites-vous, Monsieur?
PREMIER CREANCIER.
Voilà votre Memoire & le billet tout ensemble.
DEUXIE'ME CREANCIER., *apres avoir compté.*
Cela est juste, les cent Loüis y sont, excusez, Mon-
sieur ma vivacité.
DEUXIE'ME CREANCIER, *faisant des reverences.*
Oubliez de grace ce qui s'est passé, toute ma boutique
est à votre service.
ARLEQUIN, *à Eraste.*
Où avez-vous donc pris de l'argent?
ERASTE.
Moi, je ne leur ay rien donné.
ARLEQUIN.
Ils sont donc devenus fous, où le diable a payé vos
dettes.

ERASTE.
Tu me vois dans un étonnement dont je ne puis revenir.
AR.

ARLEQUIN.

Ma foi je n'y comprens rien. . . . . mais à qui en veulent ces gens-ci ?

SCENE IV.

UN PROCUREUR, UN SERGENT, ERASTE, ARLEQUIN.

LA PROCUREUR.

JE ne sçais, Monsieur, si j'ai l'honneur d'être connu
de vous ?

ERASTE.

Je n'ai point cet avantage, je ne sçais qui vous êtes.

ARLEQUIN.

Il n'est pourtant pas difficile de le deviner. . . . . ah !
que vous sentez le Procureur.

LE PROCUREUR.

Je le suis en effet.

ARLEQUIN.

Male-peste quel fumet !

ERASTE.

He bien Monsieur, que souhaittez-vous de moi ?

LE PROCUREUR.

Monsieur Oronte m'a chargé de vous voir, & de vous
demander les raisons qui peuvent retarder votre mariage
avec Mademoiselle Clarice sa fille, je suis depuis long-temps
son Procureur, & si vous ne finissez incessamment cette
affaire, j'aurai l'honneur de vous poursuivre en justice.

AR-

ARLEQUIN.

On ne peut rien de plus obligeant : : : : & voilà
Monſieur, à qui en voulez-vous?

LE SERGENT.

A vous-même Monſieur Arlequin, je ſuis porteur d'un
petit exploit qui s'adreſſe à vous.

ARLEQUIN.

Un Procureur & un Sergent, il ne manque plus qu'un
Greffier.

LE SERGENT.

Je viens de la part du Sieur Gregoire Ripopée, Mar-
chant de Vin établi aux Porcherons.

ARLEQUIN.

Ah ah je le connois. . . . qu'y a-t'il pour ſon ſervice?

LE SERGENT.

Il vous prie très-humblement d'avoir la bonté de com-
paroître d'hui à huitaine au Châtelet de Paris.

ARLEQUIN.

Il me fait bien de l'honneur, mais je n'aurai pas le temps,
je ſuis ſi occupé. . . . .

LE PROCUREUR.

Dans quelle reſolution êtes-vous Monſieur Eraſte, il
faut s'il vous plaît vous expliquer.

ERASTE.

Et mais Monſieur le Procureur que me conſeillez-vous?

LE PROCUREUR.

D'épouſer au plûtôt, c'eſt le meilleur parti que vous
puiſſiez prendre.

ERASTE.

Et moi je ne ſuis point de votre avis, j'ai fait depuis
peu des reflexions, & je ne me ſens point diſpoſé à for-
mer ſitôt un engagement.

LE PROCUREUR.

Cela étant, Monſieur, nous irons notre train, nous

plai-

plaiderons. Vous ſçavez que votre oncle a des obligaⁱ
tions eſſentielles au pere de Clarice.

ERASTE.

Oüi.

LE PROCUREUR.

Qu'il ne vous laiſſe ſon bien qu'à condition que vous
épouſerez ladite Clarice.

ERASTE.

Soit.

LE PROCUREUR.

Et que ſe défiant de votre parole, on vous a fait ſigner
un dédit de vingt mille écus.

ERASTE.

Je ſçais tout cela.

LE SERGENT, à *Arlequin.*

Vous n'ignorez pas que la ſomme dont vous êtes débi-
teur eſt de deux cens dix livres trois ſols quatre derniers.

ARLEQUIN.

Je ne ſçais point cela, quand je bois je ne m'amuſe
point à compter.

LE SERGENT.

La dette eſt réelle, & vous ne pouvez la nier.

ARLEQUIN.

Que me conſeillez vous Monſieur le Sergent ?

LE SERGENT.

De payer ſur le champ, Monſieur, pour éviter les frais
qui excederont dans peu le principal.

ARLEQUIN, *contrefaiſant Eraſte.*

Je ne ſuis point de cet avis-là moi, j'ai fait des reflexions
ſur le vin que j'ai bû, il étoit deteſtable.

LE SERGENT.

Cela étant ayez pour agreable de recevoir cette petite
aſſignation.

ARLEQUIN.

Je vous ſuis obligé Monſieur le Sergent.

LE

LE SERGENT.

Prenez-la, s'il vous plaît.

ARLEQUIN.

Je n'en ferai rien vous dis-je.

Dans le tems que le Sergent présente l'assignation à Arlequin, la Gnomide donne un soufflet au Sergent, & déchire l'assignation en mille morceaux.

LE SERGENT.

Quelle insolence . . . . un soufflet sur la face respectable d'un Sergent. . . . . dechirer une assignation !

ARLEQUIN, *au Procureur.*

Ah ! cela n'est pas bien, vous avez tort.

LE SERGENT.

Manquer de respect à un membre de la Justice.

ARLEQUIN.

A quoi diable songiez vous donc ?

LE SERGENT.

Monsieur le Procureur je vous prens à temoin.

ARLEQUIN.

Bon, les Procureurs ne sont pas crûs en Justice.

LE PROCUREUR, *à Arlequin.*

L'action est inique, & je ne voudrois pas être à votre place.

ARLEQUIN.

N'y moi à la vôtre. . . . . *à Eraste,* c'est donc vous qui avez donné le soufflet, & dechiré mon assignation, vous m'allez faire de belles affaires.

ERASTE.

De quoi m'accuses-tu? c'est toi-même qui as fait cette sottise.

ARLEQUIN.

Moi, c'est donc par distraction.

LE PROCUREUR, *à Eraste.*

Vous n'avez donc point autre chose à me dire, Monsieur Eraste?

B i

ERA:

ERASTE.

Non, de grace laiſſez-moi tranquille.

ARLEQUIN.

Vous voulez qu'un Procureur, vous laiſſe tranquille; vous lui faites-là une joli propoſition.

LE PROCUREUR, *au Sergent.*

Sortons, Monſieur Dutillon. . . . .

LE SERGENT.

Je vais travailler pour toy, mon ami.

ARLEQUIN.

Que le diable t'emporte!

Dans ce temps là, la Gnomide fait abimer le Sergent, qui crie.

LE PROCUREUR.

Que vois-je. . . . qu'eſt-il devenu ?

ARLEQUIN.

Vivat, le Sergent ne me fera point d'affaire, à moins qu'il ne revienne.

LE PROCUREUR.

Où ſuis-je ? dans quelle maiſon. . . . Ah ! fuyons au plus vîte.

Dans ce temps là, la Sylphide fait voler le Procureur.

ERASTE.

Quel ſpectacle effrayant ! Arlequin, que veut dire ceci ?

ARLEQUIN.

Quoi cela vous ſurprend, un Sergent qui va à tous les diables, & un Procureur qui vole; il n'y a là rien que de très-naturel.

SCE-

SCENE V.
ERASTE, ARLEQUIN.

ERASTE.

JE ne fçais que penfer, de tout ce que je viens de voir.

ARLEQUIN.

Veritablement, il y a là quelque chofe d'extraordinaire ; vous payez vos dettes, fans vous en appercevoir : je donne un fouflet, je dechire une affignation fans fçavoir que c'eft moi, le Sergent & le Procureur difparoiffent en un moment, Monfieur, le diable fe mefle de nos affaires.

ERASTE.

Je veux abfolumens approfondir ce myftere.

ARLEQUIN.

N'en faites rien, mon cher Maître, vous feriez la victime de votre curiofité.

Arlequin veut s'en aller.

ERASTE.

Où vas-tu ?

ARLEQUIN.

Je vais boire un coup pour me fortifier le cœur, car je fens qu'il veut prendre congé de moi.

ERASTE.

Non refte ici.

ARLEQUIN.

Quelque fot !

En s'en allant, la Gnomide prend Arlequin par le bras ; & le fait danfer.

ARLEQUIN.

Mifericorde, je fuis mort.

 FRA.

ERASTE.

Qu'as-tu donc ?

ARLEQUIN, *tout épouvanté.*

Monsieur, on me fait danser.

ERASTE.

Et qui ?

ARLEQUIN.

C'est apparemment le diable de l'Opera.

Arlequin fait des lazis de peur, la Gnomide continuë à le faire danser, & ensuite le fait tomber; Arlequin se releve, & s'enfuit en tremblant.

SCENE VI.

ERASTE, LA SYLPHIDE, *invisible.*

ERASTE.

IL n'y a point d'esprit fort, qui ne se rende à tout ce que je viens de voir, & je commence à croire tous les contes dont je me moquois; il faut que je deloge de cette maison, car mon pauvre Arlequin y mourroit de peur.

LA SYLPHIDE, *en soupirant.*

Ah !

ERASTE.

On soupire, cela devient serieux, quel party prendre, ma foi, poussons à bout l'avanture. Esprit suis-je assez heureux pour vous être utilé ? Ne m'épargnez pas, je suis tout à vous.

LA SYLPHIDE.

Helas ! vous pouvez me tirer de peine.

ERASTE.

Ne doutez point que je ne m'y employe de tout mon pouvoir, ordonnez.

LA

LA SYLPHIDE.

Peut-être me refuserez-vous le secours que je vous demande.

ERASTE.

Vous devez sçavoir, si je suis à portée de vous le donner.

LA SYLPHIDE.

Eh! oui, mais . . .

ERASTE.

Comptez sur mon obéïssance.

LA SYLPHIDE.

Ne me promettez rien, vous ne serez peut être pas le maître de me tenir parole.

ERASTE.

C'est autre chose, mais enfin, je vous promets d'entreprendre tout ce qu'un mortel peut tenter.

LA SYLPHIDE.

Songez-y bien, je suis difficile.

ERASTE.

Vous n'exigerez de moi sans doute que des choses faisables.

LA SYLPHIDE.

Nous ne nous entendons pas.

ERATSTE.

Ce n'est pas ma faute, expliquez vous clairement.

LA SYLPHIDE.

Vous vous offrez à me servir, & je sçais que vous n'avez pas le cœur libre.

ERASTE.

Le cœur libre! Comment aurois-je l'honneur de parler a un esprit femelle?

LA SYLPHIDE.

Vrayment oüi.

ERASTE.

Cela étant; je me retracte; car suivant les apparences, ils doivent avoir de terribles caprices.

LA SYLPHIDE.

Moins que vous ne croyez, mais ils ont beaucoup de delicatesse, sçavent tout ce que les hommes penfent, & c'est le moyen de n'être jamais content d'eux.

ERASTE.

Si je parlois à une femme, je lui dirois tout le contraire, & que nous ne sommes mecontens d'elles, que parce que nous ne sçavons jamais ce qu'elles penfent.

LA SYLPHIDE.

Je conviens qu'elles ne valent pas mieux que vous.

ERASTE.

Oh! doucement nous l'emportons fur elles.

LA SYLPHIDE.

Pour ne rien valoir.

ERASTE.

Non, non, s'il vous plaît; il me femble que vous êtes un efprit un peu malin.

LA SYLPHIDE.

Point de tout, mais clairvoyant.

ERASTE.

Venons au fait, je vous prie, de quoi s'agit-il?

LA SYLPHIDE.

Je vous aime.

ERASTE.

Vous m'aimez! Est ce que les efprits peuvent aimer, ils n'ont point de corps?

LA SYLPHIDE.

Cette queftion me fait bien voir que vous en avez un; Oüi, Monfieur ils aiment, & avec d'autant plus de delicateffe, que leur amour est detaché des fens, que leur flâme est pure, & fubfifte d'elle même, fans que les defirs, ou les degouts l'augmentent, ou la diminuent.

ERASTE.

Je vous avoüe que cette façon d'aimer ne me plairoit point; je tiens un peu de l'homme, & mes paffions ne

me

me flatent que par l'efpoir de les fatisfaire. Il eft vrai que l'amour en eft une qu'on ne fçauroit traiter avec trop de delicateffe, mais enfin il a fon but, & nous autres humains, nous ne nous en propoferions aucun, avec une Maîtreffe qui ne feroit qu'efprit.

LA SYLPHIDE.

Mais, nous prenons un corps, quand nos amans le veulent abfolument.

ERASTE.

C'eft pouffer bien loin la complaifance, & vous êtes fans doute maîtreffe de prendre la figure la plus charmante?

LA SYLPHIDE.

Non, mon être m'a donné la mienne, & quand il me feroit permis d'en changer, je ne le ferois pas, je croirois y perdre.

ERASTE.

Oüi, c'eft un efprit femelle, mais je m'étonne que fçachant ce qui fe paffe dans mon cœur, vous me faffiez l'aveu de votre tendreffe; car enfin vous n'ignorez pas qu'il eft rempli de la plus violente paffion qu'un amant ait jamais pû reffentir.

LA SYLPHIDE.

Oüi, je le fçais, & c'eft ce qui fait mon efpoir, & ma crainte; c'eft peut-être moi que vous aimez?

ERASTE.

Oh! non, je vous affure; j'adore une divinité, mais elle n'eft point phantaftique.

LA SYLPHIDE.

Plus que vous ne vous l'imaginez. N'eft ce pas aux Thuilleries, qu'elle a fait votre conquête?

ERASTE.

Qu'entens-je !

LA SYLPHIDE.

Cela vous étonne, ne fçais-je pas tout?

ERAS.

ERASTE.

Ah! de grace, apprenez-moi ce qu'elle eſt devenuë; eſprit genereux, ne me faites plus languir dans une attente que je ne puis p'us ſuporter, ſans perdre la vie.

LA SYLPHIDE.

Que ce tranſport ſeroit charmant, ſi je l'excitois! mais je crains trop, que ce ne ſoit pour une autre qu'il éclate: oui, Eraſte, c'eſt peut-être moi qui vous cache votre Maitreſſe.

ERASTE.

Ah! cruelle, & ſur quoi fondez-vous cette funeſte jalouſie? Pourquoi me priver d'un bien ſi precieux? Que vous ai-je promis, quel droit avez-vous ſur mon cœur?

LA SYLPHIDE.

Je ſuis une de ces trois Dames, que vous avez vûës aux Thuilleries; vous aimez l'une d'elles, mais ſi ce n'eſt pas moi. . . . .

ERASTE.

Ce que vous me dites, ne peut-être; quoi ces Dames ſi charmantes . . . .

LA SYLPHIDE.

Sont des Sylphides.

ERASTE.

Des Sylphides, peut il y en avoir?

LA SYLPHIDE.

Eraſte, ne faites point comme le reſte des hommes qui doutent des choſes, parce qu'ils ne les comprennent pas; l'imagination humaine n'a qu'une foible portée, ſçachez que les moins credules ſont les plus ignorans.

ERASTE.

Oüi, Madame, je vous crois, vous êtes Sylphide, & ſans doute celle que j'adore; montrez-vous; je vous en conjure.

LA SYLPHIDE.

Que je me montre, & ſi c'eſt pour une de mes com-

pagnet que vous foupirez, à quelle honte m'expoferois-
je! Je ne veux pas feulement vous entendre depeindre l'objet de votre amour.

ERASTE.

Ah! Madame, puifque rien ne vous eft caché, ne de-
vez-vous pas fçavoir, fi je vous aime?

LA SYLPHIDE.

Non, l'amour eft au deffus de nous, & nous n'avons
le pouvoir de le connoître que dans les yeux de nos amans,
lorfqu'ils s'attachent fur les nôtres.

ERASTE.

Eh! bien, il n'y a rien de fi facile, regardons-nous, car
enfin, le moyen de fçavoir autrement, fi c'eft vous que
j'aime?

LA SYLPHIDE.

La crainte de ne l'être point, me fait cherir mon incertitude, l'efpoir au moins la foulage, & d'ailleurs ma paffion eft fi forte, qu'elle n'a pas befoin pour être éternelle
de l'affurance, & du fecours de la vôtre.

ERASTE.

Eh! Madame, vous n'aimez point; ce rafiuement eft
trop definterefté, le veritable amour abhorre l'incertitude,
& nous ne devons rien épargner pour fçavoir fi nous plai-
fons à l'objet aimé.

LA SYLPHIDE.

Oüi, Monfieur, parce qu'il vous eft très poffible de le
quitter, en cas qu'il vous refufe du retour: voilà comme
on penfe, quand on aime pour foi-même. Ah! Erafte,
que vos fentimens font differens des miens, il faudra les
changer au moins, fi c'eft moi qui ai le bonheur de vous
plaire.

ERASTE.

Moi, Madame, je n'en changerai point, c'eft aux vô-
tres à fe raprocher des miens, pour mon bonheur & pour
le vôtre, rien ne manque à ma tendreffe, & nous joüi-

rons de la felicité la plus parfaite, si vous penſez comme moi.

LA SYLPHIDE.

Quoi vous croyez me ſurpaſſer en delicateſſe? Il y a un
peu d'orgüeïl là-dedans.

ERASTE.

Mon aimable Sylphide, il n'y en a point, c'eſt à la vio-
lence de mon amour que je devrai l'honneur de vous donner des leçons, montrez-vous donc, le cœur me dit que
c'eſt vous que j'adore.

LA SYLPHIDE.

Hé bien je me rends, & vais m'expoſer à être la victime
de votre obſtination. Allez aux Thuilleries, vous m'y ver-
rez avec une de mes compagnes; ne m'y parlez point, &
revenez ici m'inſtruire de votre ſort & du mien.

ERASTE.

Et pourquoi differer?

LA SYLPHIDE.

Obéïſſez, Eraſte, ne ſçavez-vous pas que les amans
doivent être ſoumis dans les commencemens de leur paſ-
ſion; du moins ne me derobez pas des égards qui me ſont
dûs ſi légitimement.

ERASTE, *s'en allant*

Je ne replique pas, Madame.

LA SYLPHIDE.

Il ne va trouver que les deux Sylphides mes amies &
ſans me commettre, je ſeray inſtruite de ſes ſentimens.
Ah! puiſſe-t'il ne voir en elles que deux objets indifferons!
Je tremble, qu'il ne vienne m'avoüer le triomphe de ma
rivale, & qu'il ne ſoit tranſporté d'une joye, qui ſera
pour moi la ſource de la plus vive douleur.

SCENE VII.

ARLEQUIN, LA GNOMIDE, *invisible*.

ARLEQUIN.

MOn Maître m'inquiete, je suis encor assez bon pour revenir ici . . . Mais je ne le vois point, où est il donc. . . . Ah! il sera sans doute allé tenir compagnie au Sergent.

LA GNOMIDE, *appellant Arlequin, d'une voix douce.*

Arlequin.

ARLEQUIN, *tremblant.*

Qu'entens je, il m'appelle . . . . . ah! je suis perdu.

LA GNOMIDE.

Rassure-toi, mon petit homme, ne crains rien pour tes jours.

ARLEQUIN.

On me parle, & je ne vois personne.

LA GNOMIDE.

Je suis pourtant auprès de toi.

ARLEQUIN.

Ah! Monseigneur, vous allez être cause de ma mort.

LA GNOMIDE.

Au son touchant de ma voix, peux-tu me prendre pour un homme? Je suis d'une espece bien differente.

ARLEQUIN.

Etes-vous femme?

LA GNOMIDE.

Non.

ARLEQUIN.

Fille?

LA GNOMIDE.

Point du tout.

A9.

ARLEQUIN.

Ni homme, ni femme, ni fille, vous êtes donc un lû-
tin, un esprit follet.

LA GNOMIDE.

Encor moins, je suis une habitante de la terre, une
Gnomide, qui éprise de tes charmes, ai quitté ma patrie,
pour te rendre le plus heureux des mortels.

ARLEQUIN.

Maudite beauté, à quoi m'exposes-tu ?

LA GNOMIDE.

C'est moi, qui t'ai delivré de l'importun Sergent qui
t'obsedoit.

ARLEQUIN.

Vous avez trouvé là un fort joli expedient pour m'en
debarraffer, & qu'avez-vous fait du Procureur ?

LA GNOMIDE.

Une Sylphide, amoureuse d'Etaste, l'a envoyé dans son
élement.

ARLEQUIN.

Une Sylphide, une Gnomide, nous avons fait là de
belles conquêtes.

LA GNOMIDE.

Tu es plus heureux que tu ne penses, j'ay de grands
trefors en ma difposition, dont je veux te faire part.

ARLEQUIN.

Des trefors ! la belle declaration d'amour, & que faut-
il que je fafle pour avoir ces trefors ?

LA GNOMIDE.

Me donner ton cœur, m'aimer.

ARLEQUIN.

Vous aimer, vous êtes donc vieille, puifque vous voulez acheter ma tendreffe.

LA GNOMIDE.

Les Gnomides ne font point expofées aux defagremens
de la vieilleffe, nous confervons une fraicheur naturelle,

que

que les années ne peuvent alterer, & quand tu me verras,
tu ne douteras plus de cette verité.

ARLEQUIN.

Puisque vous étes une habitante de la terre, je m'ima-
gine que vous avez le teint . . . là . . . à peu près de la cou-
leur d'un champignon.

LA GNOMIDE.

Tu te trompes, j'ai un visage de lys & de roses.

ARLEQUIN.

De lys, & de roses ? . . . je ne sens pourtant rien de bon.

LA GNOMIDE.

Tu es dans une impatience extrême de me voir, n'est-
il pas vrai ?

ARLEQUIN.

Point du tout, j'aimerois mieux voir vos tresors . . . En
attendant l'honneur de votre présence lâchez-moi quelque
petit million seulement pour me mettre en goût.

LA GNOMIDE.

Avant que je te prodigue mes richesses je veux être sûre
de ton amour.

ARLEQUIN.

Mais aussi en valez-vous la peine ? Ne ferai-je point un
mauvais marché ?

LA GNOMIDE.

Tu me fais-là une jolie question.

ARLEQUIN.

Mais supposé que je me sentisse du penchant pour vous,
qu'est-ce que cela produiroit ?

LA GNOMIDE.

Je me rendrois visible, je te comblerois de bien.

ARLEQUIN.

Ce dernier article merite réflexion.

LA GNOMIDE.

Determine-toy, tu ignores le precieux avantage d'être
aimé d'une Gnomide : toujours fideles, toujours complai-
san-

santes; nous ne quittons pas un instant l'objet que nous aimons.

ARLEQUIN.

Oh parbleu Madame, il faut un peu de relache, cela devient à charge à la fin.

LA GNOMIDE.

Vous autres mortels vous ne sçavez pas aimer.

ARLEQUIN.

Pardonnez-moy, mais cela ne va jamais jusqu'à l'excès. . . . . mais quel sera le but de cet amour?

LA GNOMIDE.

De m'unir avec toi.

ARLEQUIN.

Et quand je serai votre épour m'aimerez-vous toujours de cette force-là?

LA GNOMIDE.

Sans doute.

ARLEQUIN.

Quel chien d'amour!... & me conduirez-vous dans votre souterrain?

LA GNOMIDE.

Assurement.

ARLEQUIN.

Le beau plaisir de s'enterrer tout vif avec sa femme! Mais à propos fait-on bonne chere dans votre païs? Y a-t'il des Rotisseurs, des Cabaretiers?

LA GNOMIDE.

Non, nous laissons ces viandes grossieres aux enfans des hommes.

ARLEQUIN.

Et dequoi vivez-vous donc, s'il vous plaît?

LA GNOMIDE.

Du reste de la plus pure substance de la rosée pour la vegetation des plantes & des mineraux.

AR.

ARLEQUIN.

Voilà une nourriture bien legere.

LA GNOMIDE.

C'est justement pour cela que les maladies ne trouvent point d'accès chez nous, & pour nous en garantir nous avons grand soin de vous renvoyer toutes les vapeurs de la terre.

ARLEQUIN.

Vous nous faites-là de fort beaux presens.

LA GNOMIDE.

Aime moi mon mignon, ma felicité depend entierement de toi.

ARLEQUIN.

Il faut que je vous voye avant que de vous rien promettre.

LA GNOMIDE.

Je m'offrirai bien tôt à tes yeux avec tous mes appas, & je me flatte que ma figure t'inspirera les sentimens les plus vifs. Adieu pour un moment.... je vais prendre un corps.

ARLEQUIN.

Prenez le bien joly au moins; & sur tout n'oubliez pas les tresors, car sans cela je n'ay que faire de vous.

LA GNOMIDE.

Tu seras content . . . . je te le promets.

SCENE VIII.

ERASTE, ARLEQUIN.

ARLEQUIN, *voyant Eraste.*

AH! Monsieur, vous venez bien à propos, je ne suis pas encor remis de ma frayeur.

ERASTE.

D'où peut naître cette agitation ?

ARLEQUIN.

Il y a près d'un quart d'heure que je suis ici en conversation.

ERAS-

ERASTE.

Avec qui?

ARLEQUIN.

Avec perfonne, Monfieur.

ERASTE.

Que veux-tu dire?

ARLEQUIN.

Je m'entens bien, je me fuis entretenu avec une voix qui eft allée prendre un corps.

ERASTE.

La Sylphide fe fera fans doute divertie à tes depens.

ARLEQUIN.

Non Monfieur, je ne vais point fur vos brifées, c'eft une Gnomide qui eft amoureufe de moi à la folie.

ERASTE.

Une Gnomide!

ARLEQUIN.

Oüi vraiment, croyez-vous qu'il n'y ait que vous qui puiffiez exciter de belles paffions; mes attraits pénétrent jufque dans le centre de la terre.

ERASTE.

Et que t'a-t'elle dit?

ARLEQUIN.

Les plus jolies chofes du monde; elle m'a promis tant de richeffes, tant de trefors; allez ne vous mettez point en peine, j'aurai foin de vous.

ERASTE.

Quelle avanture extraordinaire!

ARLEQUIN.

Cela me confond, je n'aurois jamais crû être fi beau... Mais d'où venez-vous prefentement?

ERASTE.

Des Thuilleries, où j'ai inutilement cherché la beauté qui m'a charmé; je fuis au defefpoir Arlequin, & je vois bien que je ne fuis point aimé de celle que j'adore; elle fe cache à mes yeux, je n'ai vû que fes deux compagnes.　　SCE-

SCENE IX.

LA SYLPHIDE *visible.* ERASTE, ARLEQUIN.

LA SYLPHIDE.

JE n'en puis plus douter, je suis aimée, paroissons. : : :
Puis-je me flatter Eraste que celle que vous voyez …

ERASTE.

Ah! Madame, c'est vous; que je suis heureux! oüi vous
êtes cet objet charmant dont le premier regard s'est pour jamais asservi ma liberté; & pourquoi vous cacher si long-tems?
Est-ce avec tant de charmes que l'on doit douter de son
triomphe?

LA SYLPHIDE.

Eraste, on ne croit jamais en avoir assez pour captiver
ce que l'on aime.

ARLEQUIN.

Comment diable, les Sylphides sont fort jolies, mais je
suis sûr que ma Gnomide est bien plus belle.

ERASTE.

Madame; est-il permis aux mortels d'aspirer à un bonheur si precieux.

LA SYLPHIDE.

Oüi Eraste, quand ils ont un cœur comme le vôtre; vous
avez sans me connoître renoncé à un hymen qui pouvoit vous
rendre heureux, ce sacrifice m'est trop cher pour que vous
n'en obteniez pas le prix qu'il merite, la générosité & la delicatesse des sentimens égalent les hommes aux substances les
plus épurées.

ERASTE, *lui baisant la main.*

Que ne vous dois-je pas?

ARLEQUIN.

Vous voilà donc d'accord, j'en fuis charmé. ... paroiffez Gnomide de mon ame, paroiflez avec vôtre teint de lys & de rofes, & faites voir à mon Maître la difference qu'il y a de ma conquête à la fienne.

❖❖❖❖❖❖❖❖❖❖❖❖❖❖❖❖❖❖❖❖❖❖❖❖❖❖❖

SCENE X.

LA GNOMIDE *vifible*. LA SYLPHIDE, ERASTE, ARLEQUIN.

LA GNOMIDE.

J'Obéis à tes ordres, me voilà cher objet de mes feux.

ARLEQUIN.

Ohimé, que vois-je ! c'eft une taupe.

LA GNOMIDE.

Comment dois-je interprêter ton étonnement, eft-ce admiration?

ARLEQUIN.

Non vraiment, c'eft épouvante, allez ma mie ce n'eft point avec une pareille figure que l'on doit afpirer à ma poffeffion.

LA GNOMIDE.

Perfide, fcélerat, quoi tu voudrois te dédire?

ARLEQUIN.

Que ne vous êtes-vous montrée tantôt, je ne vous aurois point donné d'efperance.

LA GNOMIDE, *pleurant.*

Ingrat, tu me mets au defefpoir.

ARLEQUIN.

La charmante larmoïeufe.

LA GNOMIDE, *pleurant plus fort.*

Ah ah ! je n'en puis plus.

ARLEQUIN.

Voilà des pleurs fort touchans, mais il n'y a rien à faire.

LA GNOMIDE, *heurtant encore plus fort.*
Ah ah ah ah!

ARLEQUIN.
Payez-vous de raison . . . vous êtes si laide

LA GNOMIDE.
Que je suis malheureuse, d'être obligée d'étrangler un si
joli petit homme!

ARLEQUIN.
Qu'appellez-vous m'étrangler?

LA GNOMIDE.
Oüi, mon fils, il faut m'y resoudre malgré moi.

ARLEQUIN.
Et pourquoi donc cela?

LA GNOMIDE.
C'est nôtre coutume, quand nous avons tant fait que
d'aimer, & que nous trouvons un ingrat, nous l'étranglons
d'abord, mon ami.

ARLEQUIN.
Voilà une fort jolie coutume.

LA SYLPHIDE.
Crois-moi, Arlequin, fais la chose de bonne grace.

ARLEQUIN.
Cela vous est bien aisé à dire, mais où sont ces tresors
qu'elle m'a promis; elle ne m'a donné jusqu'à present que
des truffes.

LA GNOMIDE.
Tu vas être satisfait dans l'instant.

*Il sort de dessous terre deux vases soutenus par des figures de
Gnome, Arlequin puise dans l'un & dans l'autre, fait en
même temps des lazis de joye, & de dégoût pour la Gnomide.*

LA GNOMIDE.
He bien, Arlequin te rens-tu?

ARLEQUIN.
Allons, touchez-là, je ne serai pas la premiere beauté que
les richesses auront seduite.

LA GNOMIDE.

Je suis au comble de mes vœux.

LA SYLPHIDE.

Je ne vous offre point de richesses, Eraste, vous n'y seriez pas sensible ; mais les douceurs que je vous prepare vaudront bien les presens de la Gnomide.

ERASTE.

Ah! Madame, il n'est point pour moi de félicité plus parfaite que celle d'être aimé de vous.

LA SYLPHIDE.

Suivez-moi, Eraste, je vais dans un instant vous transporter dans le Palais dont vous devez être le Maître.

LA GNOMIDE.

Et moi, Arlequin, je vais te conduire dans le mien.

Arlequin & la Gnomide s'abiment.

ARLEQUIN, *avant que de descendre par la trape, dit :*
Adieu, mon cher Maître, je vous souhaite un bon voyage.

Le Theâtre change & represente le Palais de la Sylphide.

SYLPHES et **SYLPHIDES.**

DIVERTISSEMENT.

Une Symphonie gracieuse, précede l'air suivant.

UN SYLPHE.

L'amour dans ces belles retraites,
Se plaît à combler nos desirs ;
Jamais les craintes inquiétes,
N'y viennent troubler nos plaisirs :
Nous jouissons, dans cet azile,
D'un sort doux & tranquile,
Exempts des noirs soucis, libres de soins fâcheux ;
Nous paroissons tels que nous sommes,
Et nous serions bien moins heureux,
Si nous vivions parmi les hommes.

D an

Danse de Sylphes & Sylphides.

UN SYLPHE ET UNE SYLPHIDE.

Dans cette demeure charmante,
Regnés plaisirs, volés amour.

LE SYLPHE.

Que tout nous enchante,
Dans ce beau séjour,
Que chacun en ce jour.
Aime à son tour.

A DEUX.

Dans cette demeure charmante;
Regnés plaisirs, volés amour.

LA SYLPHIDE.

Que Vénus, & toute sa Cour,
Rendent cette fête brillante.

A DEUX.

Dans cette demeure charmante,
Regnés plaisirs, volés amour

On danse.

VAUDEVILLE.

Dans une heureuse intelligence,
Nous goûtons le sort le plus doux.
L'envie & [illegible]
Ne resident [illegible]
Mortels, c[illegible]
Vivez-vous ainsi [illegible] vous.

Exempts de toute défiance,
Rien n'inquiete nos époux;
Certains de nôtre constance,
Ils ne font jamais jaloux;
Mortels, quelle difference!
Vivez-vous ainsi parmi vous.

Bien

Bien loin d'encenser l'opulence,
Ici nous nous estimons tous,
L'égalité nous dispense,
D'un soin indigne de nous;
Flateurs, quelle différence!
Vivez-vous ainsi parmi vous.

Les faveurs que l'amour dispense,
Ne se revélent point chez nous,
Plus nous gardons le silence,
Et plus nos plaisirs sont doux;
François, quelle différence!
Vivez-vous ainsi parmi vous.

Un pauvre Auteur dont l'espérance,
Est de vous attirer chez nous,
Est plus triste qu'on ne pense,
Quand sa Pièce a du dessous;
Pour lui quelle différence!
Lorsque vous applaudissés tous.

F I N.

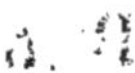

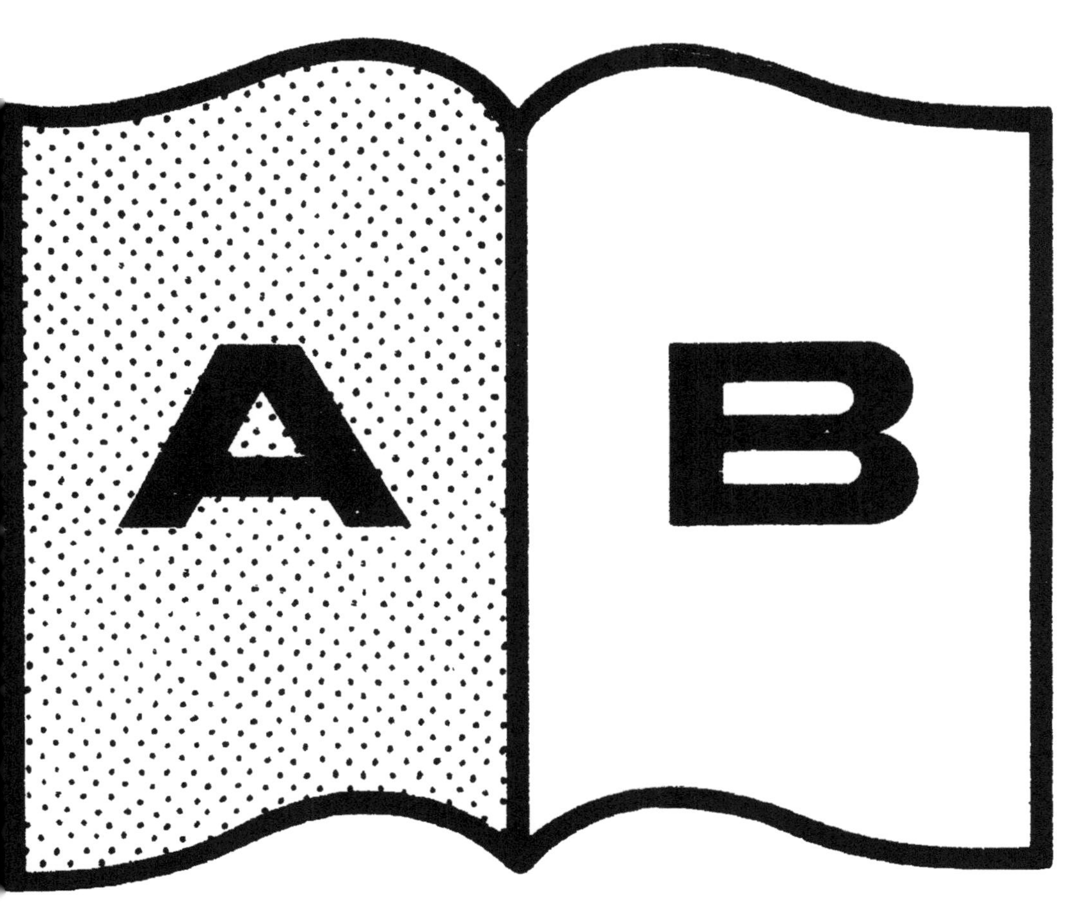

Contraste insuffisant

NF Z 43-120-14